Werner Fuld

Von Katzen und anderen Menschen

Mit Illustrationen von Gottfried Müller

Schöffling & Co.

Zweite Auflage 2006

Satz: Reinhard Amann, Aichstetten
Druck & Einband: Pustet, Regensburg
ISBN-13: 978-3-89561-705-8
ISBN-10: 3-89561-705-9

Von Katzen
und anderen
Menschen

ERSTES KAPITEL

Es gibt so viele verschiedene Wege, in den Besitz einer Katze zu kommen, wie es Katzen gibt – und jeder davon ist ein Irrweg. Denn nicht Sie besitzen irgendwann eine Katze, sondern die Katze besitzt Sie. Sie sucht sich ihren Besitz sogar sorgfältig aus.

Der Ausdruck ›Katzenhaltung‹ wird in diesem Zusammenhang meistens mißverstanden; korrekt angewendet bedeutet er natürlich: Die Katze hält sich einen Menschen.

Während in vergangenen Zeiten die Katzen meist auf Köchinnen und Künstler fixiert waren, zeichnet sich in den letzten Jahren ein bemerkenswert veränderter Trend ab: Immer häufiger gehören beurlaubte Chefredakteure, milieugeschädigte Models und frustrierte Computerfreaks zu den bevorzugten Bezugspersonen vieler Katzen. Tatsächlich gibt es heute kaum noch Katzen, die sich keine umweltbewußte, kreative Werbegraphikerin halten. Auch in dieser Branche geht der Trend zum Single mit wechselnden Lebensabschnittspartnern – die Software wird ausgetauscht, doch die Katze bleibt. Sie hat Windows 95 leise belächelt, die Updates scheinbar schlafend verfolgt, die Nervenzusammenbrüche ihrer Bildschirmhelden schnurrend umsorgt und die Einführung von Windows 98 mit einem mitleidigen Blick begleitet, weil sie als Hüterin der Tradition vom menschlichen Fortschrittswahn zu Recht überhaupt nichts hält.

Bei einer Befragung von repräsentativ ausgewählten Talk-Show-Gästen, SPD-geschädigten Jungunternehmern und geschiedenen Sekretärinnen stellte man fest, daß sie alle an einem tief empfundenen Werteverlust leiden: Sie vermissen ein ordnendes Element in ihrem Leben. Diesen Umstand nutzt die Katze geschickt aus, indem sie jenen Gruppen nicht allein das warme Gefühl der Beständigkeit vermittelt, sondern ihnen auch die verlorengegangene Autorität ersetzt. Im unsicheren

Wechselspiel des Lebens wird nämlich nichts dringlicher ersehnt als die heimliche Beherrschung durch einen zärtlichen Individualtyrannen. Dieses elementare Bedürfnis des postmodernen Menschen befriedigt eine Katze in idealer Weise, da sie zudem äußerlich völlig harmlos wirkt. Wie ahnungslos sich der Mensch in die Samtpfoten des gefährlichen Machtpolitikers Katze begibt, können Sie leicht an sich selbst erfahren.

Nehmen wir also an, Sie stehen an einem schönen Junitag vor einem Wurf von vier allerliebsten Tierchen. Man kann darauf wetten, daß Ihre erste Reaktion der etwas kind-

liche Ausruf sein wird: »Sind sie nicht süß!?!« Das macht gar nichts, Sie brauchen sich dieses verbalen Rückfalls in die präpubertäre Phase nicht zu schämen. Es ist sogar ganz natürlich, junge Katzen süß und niedlich zu finden, denn sie sehen ja wirklich viel putziger (auch so ein Wort!) aus als diese verschrumpelten, rothäutigen, keifenden kleinen Dinger, aus denen mit viel Glück nach langer Zeit Menschen werden sollen. Die Katze hat es da besser: Sie ist zwar winzig, aber sie ist schon eine Katze. Oder ein Kater natürlich. Hüten Sie sich vor dem ersten drohenden Mißverständnis, daß kleine Katzen in ihrem Wesen kleinen Menschenbabys ähneln. Babys suchen sich ihre Umgebung nicht aus, sondern werden hineingelegt, im doppelten Sinne, und brüllen höchstens – das aber ziemlich regelmäßig, sozusagen immer. Die armen Eltern versuchen, das unschuldige Baby zu beeinflussen, damit es seine Umgebung akzeptiert und trotzdem nicht brüllt, was angesichts der meisten Eltern und Kinderzimmer eine Zumutung ist. Diesen Vorgang nennt man gewöhnlich ›vorschulische Erziehung‹. Vergessen Sie am besten alles, was Sie über Erziehung gehört haben, wenn Sie von einer Katze aufgefordert werden, deren Lebenskomfort zu sichern. Letzteres ist vielleicht etwas prosaisch ausgedrückt, wo es sich doch um ein sooo süßes, niedliches und allerliebstes, winziges Tierchen handelt (natürlich haben auch Sie die süßeste Katze der Welt), aber Sie werden bald merken, daß auch eine kleine Katze große Wirkungen zeigt.

ZWEITES KAPITEL

Im Gegensatz zum Menschenjungen benötigt die Katze die erste Zeit nicht dazu, etwas von Ihnen zu lernen. Sie kann nämlich schon alles. Alle diese mühseligen und unappetitlichen Hilfsdienste wie Waschen, Näschenputzen, Töpfchengehen, Abtrocknen und Füttern entfallen. Das ist sehr praktisch, aber es ist für Sie kein Grund, sich in trügerischer Sicherheit zu wähnen. Denn während Sie sich noch ganz ahnungslos über das putzige Tierchen freuen, hat es schon damit begonnen, Sie einem gründlichen Lehrgang zu unterziehen. Sie haben nämlich vergessen, daß es nicht nur laufen, sondern auch schon denken kann.

Es ist der historischen Forschung bisher nicht gelungen, den Urheber der Lehrpläne zu ermitteln, nach denen die Katze normalerweise vorgeht. Da aber alle Katzen nach einem verblüffend übereinstimmenden System an ihren Gasteltern arbeiten, ist die ursprüngliche Existenz eines einheitlichen Organisationsplans

über jeden Zweifel erhaben. Daß jede Katze bei der Verfolgung ihrer Ziele zu vielleicht unterschiedlichen Ergebnissen kommt, liegt natürlich nicht an ihr, sondern an der unterschiedlichen geistigen Aufnahmefähigkeit ihrer Schüler. Der Mensch ist eben nur begrenzt lernfähig; diese Erkenntnis deprimiert die meisten Katzen zutiefst. Wie oft Sie in dieser Hinsicht Ihre Katze schon enttäuscht haben, können Sie an dem mitleidigen Blick ermessen, mit dem sie Sie von Zeit zu Zeit mustert: Sie zieht sozusagen die dürftige Hülle ihrer menschlichen Halbbildung von Ihnen ab – und was bleibt? Der tieftraurige Blick, in dem die Weisheit der ägyptischen

Tempelkatze für Sie unerreichbar ruht, wird Ihnen die entmutigende Antwort geben. Aber auch junge Tempelkatzen waren einst optimistisch, bis sie merkten, daß die Götter noch dümmer sind als die Menschen, die sie erfunden haben, um ihre eigene Unzulänglichkeit zu verbergen. So wird auch Ihre Katze sich zunächst große Mühe mit Ihnen geben. Überlegen Sie sich jetzt schon, wie Sie sich dafür jemals erkenntlich zeigen können! Für Katzen ist bekanntlich alle Theorie mausgrau; sie denken praktisch und reden nicht von der Maus, sondern fangen sie. Deshalb sind die Übungen, die Sie unter Anleitung Ihres kleinen Lieblings durchführen werden, alle sehr prak-

tisch und außerdem zu Beginn noch sehr leicht – eben ganz auf das langsam arbeitende menschliche Lernvermögen ausgerichtet.

Das ist überaus pädagogisch gedacht und psychologisch sehr klug. Wenn Sie daran denken, wie kurz die Unterweisung der Katzenkinder durch ihre Eltern ist und daß sie trotz des kurzen, aber intensiven Heimstudiums perfekt ausgebildet das Nest verlassen, dann verstehen Sie, daß Katzen ideale Pädagogen sein müssen.

DRITTES KAPITEL

Für die erste Lektion des Grundkurses fühlt sich die Katze geschickt in die stolze Psyche ihrer Gasteltern ein: Sie *weiß*, daß Sie *denken*, nun hätten Sie eine Katze. Also wird sie Ihnen beibringen, daß diese Annahme weitreichender ist, als Sie glauben.

Lektion 1
Die Katze zeigt Ihnen, daß sie immer in Ihrer Nähe ist, besonders dann, wenn Sie sie nicht sehen.

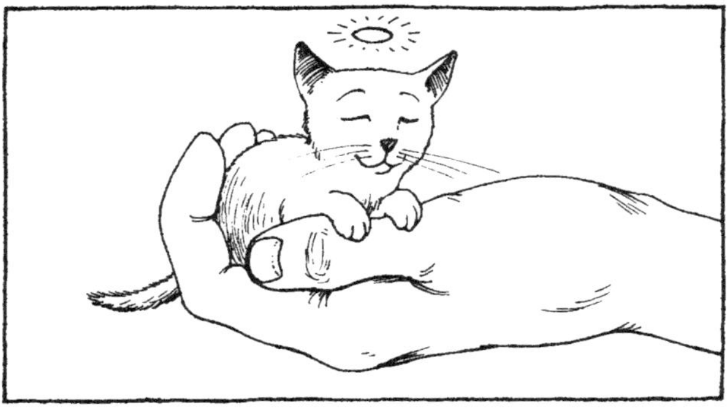

Das alte Kinderspiel: »Ich sehe was, was Du nicht siehst!« ist davon abgeleitet. Es gibt dazu zwei Standardübungen, die jeweils nach Einschätzung Ihrer Person regelmäßig abwechselnd durchgeführt werden – oder in überraschenden zeitlichen Abständen.

Übung a
Die Katze ist weg

Da Sie bisher ohne Katze gelebt haben, können Sie natürlich gar nicht wissen, wieviele Schranktüren und Schubladen in Ihrer Wohnung täglich von Ihnen geöffnet werden. Nicht alle werden auch wieder mit gleicher

Sorgfalt geschlossen. Spätestens am zweiten Tag kommen Sie nach Hause und erwarten, daß hinter der vorsichtig aufgeschlossenen Wohnungstür jenes süße Tierchen mit hocherhobenem Schwanz auf Sie wartet, um schnurrend einen Slalom zwischen Ihren Beinen zu beginnen. Statt dessen finden Sie nur eine durch den Briefschlitz geworfene Telefonrechnung, die leider zur Unkenntlichkeit zerfetzt und damit als Einzahlungsschein unbrauchbar gemacht wurde. (Die Schwierigkeiten bei der Post gehören nicht hierher.) Während Sie noch den Erwerb eines Briefkastens erwägen, suchen Ihre Blicke bereits die Katze. Sie läßt sich natürlich nirgends blicken – ›natürlich‹, denken Sie, ›da sie ein schlechtes Gewissen hat.‹ Mit diesem simpelsten Trick einer einfachen Spurenlegung hat die Katze Sie zum Anfang Ihrer Lektion und zur Motivation eines ersten Lernvorganges gebracht. Denn die Katze hat keineswegs ein schlechtes Gewissen, sie nutzt nur derartige menschliche Vorurteile pädagogisch geschickt aus.

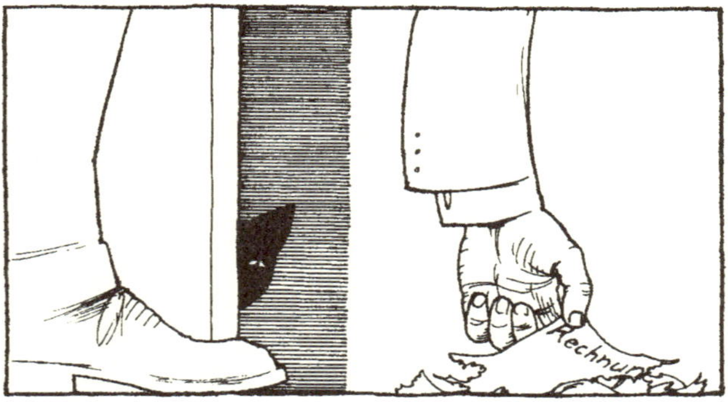

Während Sie nun mit den Papierfetzen in der Hand in der Wohnung von Zimmer zu Zimmer gehen und sich noch nicht einmal die Zeit genommen haben, die Jacke auszuziehen, da Sie ja die Katze von ihrem angeblich schlechten Gewissen so rasch als möglich erlösen möchten und deshalb mit den unsinnigsten Verrenkungen und unter ständigem Hersagen sämtlicher verfügbarer Kosenamen unter Betten, Stühle und Schränke kriechen – während Sie also langsam, aber sicher immer unruhiger werden, weil Sie zwar inzwischen noch eine zerkaute Einladungskarte zu einer Galerieeröffnung am heutigen Abend gefunden haben, aber noch immer keine Katze, zählt dieses liebe Tierchen mit stillem Lächeln bereits an allen vier Pfoten ab, wie oft Sie nun schon unter ihm vorbeigekrochen sind. Wenn zu dieser Zählung selbst die Schnurrhaare nicht mehr ausreichen und Sie bereits zum Telefon greifen wollen, den Hörer aber sonderbarerweise noch unter der Kommode hervorziehen müssen, spätestens dann wird sich Ihr Liebling Ihrer erbarmen. Ganz zufällig sehen Sie nun, wie sich aus einer nicht ganz geschlossenen Schublade der Kommode eine

Pfote hervorstreckt und vielleicht noch ein Ohr. Sie richten sich abrupt auf und rufen begeistert: »Da bist Du ja!« – und je lauter Sie

rufen, desto weniger spüren Sie den Schmerz im Knie, das Sie sich eben an der nicht ganz geschlossenen Schublade gestoßen haben.

Wenn Sie jetzt dazu fähig wären, die Lage kühl zu analysieren, würde es Sie wundern, wie ruhig die Katze es auf sich nimmt, scheinbar überraschend doch noch gefunden zu werden. Aber Sie freuen sich, reiben Ihr Knie und haben gleichzeitig ein schlechtes Gewissen. ›Bin ich denn‹, so glauben Sie sich fragen zu müssen, ›ein solcher Unmensch, daß sich meine arme kleine Katze nur wegen einer zerfetzten Telefonrechnung und eines hinfällig gewordenen Champagnerabends mit neuen Bildern in einer dunklen Schublade verkriechen muß? Was habe ich denn falsch gemacht?‹ Diese Frage wird im allgemeinen von der Katze mit einem baritonalen Schnurren begleitet.

Da auch nach mehrmaliger Wiederholung dieser Übung bisweilen der Lernerfolg ausbleibt, weil der geistig schwerfällige Mensch

nicht so rasch begreifen kann, daß seine Katze immer in seiner Nähe ist, besonders wenn er sie nicht sieht, kombiniert man in einigen Katzenkreisen diesen Test mit einer Variante:

Übung b
Die Katze war da

Der wesentliche Unterschied zur Übung a besteht in der Tageszeit: Nun nämlich ist dunkle Nacht. Ursprünglich sind Katzen Nachtjäger gewesen, haben aber ihren Lebensrhythmus speziell Ihretwegen geändert. Die infrarotsensorischen Radaraugen haben sie allerdings behalten: sie können im Dunkeln sehen, der

Mensch bekanntlich nicht. Diesen ungerechten biologischen Unterschied nutzt die Katze geschickt für ihre pädagogischen Zwecke. Angenommen, Sie haben geschlafen, schlecht geträumt, sind aufgewacht und wollen sich ein Glas Wasser holen (oder Sie haben vorm Einschlafen ein Glas zuviel getrunken und müssen es nun wieder rausbringen) – Sie kennen Ihre Wohnung im Schlaf, sind schon hunderte Male im Dunkeln über den Flur getapert: alles kein Problem.

Aber damals wohnten Sie noch nicht mit einer Katze zusammen. Jetzt können Sie zwar noch über den Flur tapern, aber kurz vor der (oder

jener anderen) Tür treten Sie mit bloßen Füßen auf etwas Weiches. Sie fahren entsetzt zusammen, stolpern und wachen bei der unsanften Berührung Ihrer Stirn mit dem Türpfosten endgültig auf. Sofort wissen Sie, daß die Katze da war, daß Sie Ihre geliebte Katze getreten haben, und bekommen wiederum prompt ein schlechtes Gewissen. Sehr geschickt eingefädelt, das müßten Sie zugeben. Aber Sie denken: ›Da hat sich meine arme Katze voller Vertrauen auf dem Teppichboden geräkelt, weil sie nicht wissen kann, daß ich im Dunkeln nichts sehe. Und ich habe sie getreten. Meine großen Füße sah sie auf sich zukommen und ist voller Glauben an mein nachtsicheres Auge liegengeblieben. Und dann habe ich dieses Vertrauen mißbraucht und sie getreten. Furchtbar!‹

Inzwischen steht das arme Tier längst neben Ihnen und wundert sich, warum Sie statt des Wassers einen Whisky zu sich nehmen, aber das Eis gegen die verbeulte Stirn halten. Der Katze ist natürlich nichts passiert, sie hatte nur ihren Schwanz in den Weg gelegt, zu pädagogischen Zwecken. Diese Übungsvariante wird gerne von etwas eingebildeten Katzen benutzt, die ihre natürliche Überlegenheit bei jeder Gelegenheit unter Beweis stellen wollen. Um Minderwertigkeitskomplexe durch die Häufung solcher Erlebnisse zu vermeiden, sollten Sie sich als erstes unbedingt merken:

Ihre Katze ist immer in der Nähe;
besonders, wenn Sie sie nicht sehen.

Aus der Allgegenwärtigkeit der Katze ergeben sich gewisse Probleme. Als moderner Mensch vertrauen Sie bei auftretenden Problemen auf irgendeine rationale Lösung: Vernunft und Ordnung garantieren schließlich das Zusammenleben seit Adam und Eva – nein, eigentlich erst seit ...? Eine Katze ist klüger als Adam, Eva und der Apfel zusammen, die Schlange nicht mitgerechnet. Die alten Ägypter, die bekanntlich sehr ordentliche und kluge Menschen waren (sonst hätten sie ihre merkwürdige Schrift nicht lesen können), hielten die Katze deshalb für ein gottähnliches

Wesen: Es ist immer da, auch wenn man es nicht sieht, es ist weiser als Menschenwitz, und es hält vor allen Dingen nichts von rationalen Lösungen irdischer Probleme. Versuchen Sie zum Beispiel einmal, Ihrer Katze klarzumachen, daß sie entweder das milde geräucherte Forellenfilet auf ihrem Teller oder gar nichts zum Diner bekommt: Sie werden rasch merken, daß die Katze keines von beiden, sondern den Käsetoast in Ihrer Hand

möchte. Vergessen Sie also am besten alles, was Sie über rationale Problemlösungen gehört haben. Die Katze wird Ihnen zeigen, wie hinfällig derartiges menschliches Denken ist.

Sie benutzt dazu das Körbchen, das Sie ihr gekauft haben, womit sie bei der nächsten Lektion angelangt ist: der Platzfrage.

Bekanntlich ist dies unter Menschen seit Adam und Eva ein anscheinend unlösbares Problem: Im Paradies gefiel es ihnen zu gut, und sie wurden übermütig, dann übervölkerten sie die Erde, und in Spanien sind jetzt die Hotelzimmer meistens doppelt belegt. Der Mensch ist auf der weiten Erde ohne rechten Platz, deshalb fährt er ständig im Auto umher oder führt sinnlose Kriege um überflüssige Grenzen. Ganz anders die Katze: Sie hat in der Wohnung ihren festen Platz. Die Schwierigkeit für den Menschen besteht einzig darin, daß er lernen muß, für wie viele Gelegenheiten es einen festen Platz gibt. Dazu verhilft ihm eine sehr schöne Übung, die zum Standardrepertoire jeder Katze gehört.

Lektion 2
Wo ist denn das Körbchen?

In der weisen Fürsorge, daß Ihre Katze es besser haben soll als diese unterentwickelten Drittweltler, die Ihnen im Fernsehen immer das Abendessen verderben, haben Sie Ihrem Liebling ein feines Körbchen gekauft, natürlich aus handgebogenem Naturbambus, hergestellt von denen im Fernsehen, innen schön wattiert und mit rotem Stoff ausgeschlagen. Katzen mögen Rot. Auch Ihre Katze wird das

Körbchen zunächst aufmerksam beschnuppern und sich dann in das von Ihnen in riskanter Vorfreude hastig abgestreifte Verpakkungspapier legen. Vielleicht hatten Sie die naive Idee, das Körbchen in der Küche zu plazieren, in der Nähe von Eßteller und Wasserschale, damit Ihr bestes Stück ein eigenes Eckchen bekommt. Was Sie nicht wissen können, ist, daß Ihre Katze Sie zwar für ziemlich dumm, aber nicht für hinterlistig hält. Es ist für eine Katze weit unter ihrer Würde, nachts den Eßteller zu überwachen. Oder würden Sie ihr wirklich das Forellenfilet klauen? Deshalb ist der Platz für das Körbchen neben dem Teller ganz ungeeignet; Sie schlafen ja auch nicht vor dem Kühlschrank. Wenn Sie nun im Verlauf des weiteren Abends wieder aufgewacht sind, das Fernsehgerät ausgeschaltet haben und ins Bett fallen möchten, werden Sie feststellen, daß Ihre Katze schon vor Ihnen da ist. Sie liegt unübersehbar in der Bettmitte und putzt sich auffällig. Da Sie noch der Mittelstandsideologie vom eigenen Korb anhängen, tragen Sie die Katze gähnend in die Küche. Spätestens, wenn Sie sehen, daß in dem schönen neuen Körbchen bereits die Forelle liegt, werden Sie an der Richtigkeit der

Platzwahl zu zweifeln beginnen. Inzwischen setzt Ihre Katze jenes auffällige Putzen schon wieder in Ihrem Bett fort.
Sie glauben vielleicht, daß Ihr nächster Versuch erfolgreicher sein wird. Da die Katze ein pädagogisches Genie ist, läßt sie Ihnen diesen Glauben. Und zwar genau so lange, wie Sie brauchen, um das Körbchen zu säubern, die Katze eigenhändig hineinzulegen und mit dem Korb ins Badezimmer zu tragen. Aber es ist, das hätten Sie sich eigentlich denken können, eine unzumutbare Situation, neben dem Klo schlafen zu sollen. Vielleicht fällt Ihnen das ein, wenn Sie wieder im Schlafzimmer stehen und hinter Ihnen die Katze sich ins nun

aufgeschlagene Bett legt. Da Sie zu müde sind, verschieben Sie die Klärung der Platzfrage auf den nächsten Tag.
Möglicherweise finden Sie Ihre Katze dann nicht erst nach langem Suchen, sondern so-

fort: Sie schläft, jedenfalls tut sie aus pädagogischen Gründen so, auf dem Fernseher. Oder sie liegt hinter den Gläsern im Barschrank und hat keines davon heruntergeworfen, sondern nur die Flaschen etwas umgestellt. Vielleicht liegt sie auch im Bücherregal zwischen Nietzsche und Freud oder in der Küche im Hängebord bei den Kochbüchern. Keinesfalls aber liegt sie in dem schönen neuen Körbchen. So beginnt nun also der tagelange Irrweg, den Sie unter ständigem freundlichem Hersagen der etwas dümmlichen Frage: »Wo ist denn das Körbchen?« in Ihrer Wohnung anstellen. Wo immer das Körbchen sein mag, nie wird Ihre Katze darin liegen. Sie hat inzwischen ihren festen Schlafplatz: auf dem Fernseher, im Barschrank, im Bücherregal, hinter den Telefonbüchern, im Wäschekorb … Ihre Katze wird so lange immer woanders liegen, bis Sie das Prinzip des ›festen Platzes an jeder Stelle‹ gelernt haben. Dann entfernen Sie entnervt das schöne, neue, aber immer noch etwas nach geräucherter Forelle riechende Körbchen aus Ihrem Gesichtsfeld und wollen davon nichts mehr wissen.

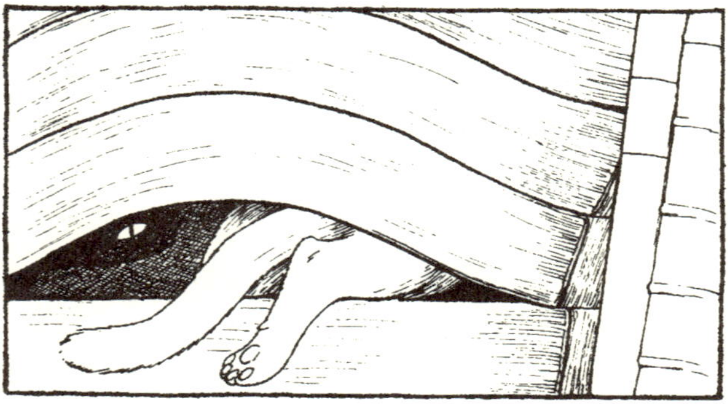

Schade um das Geld, weg damit unter den Kleiderschrank! Nach einer unruhigen Nacht, die Sie auf hoher See als kleiner Moses in einem rot wattierten Körbchen verbringen, bis Sie schließlich kurz vor dem fröhlichen Radiowecken von einer gütig lächelnden Katzenprinzessin aufgefischt werden, erwachen Sie mit den düstersten Vorahnungen für den kommenden Tag. Sie werden zwar beim ersten Blick in den Spiegel beruhigt feststellen, daß die Prinzessin Sie noch nicht geküßt und in einen Kater verwandelt hat. Dennoch stimmt etwas nicht: Sie sind heute noch nicht schlaftrunken über die Katze gestolpert. Besorgt werden Sie im Barschrank nachsehen, im Bücherregal, natürlich auch hinter den Telefonbüchern; wahrscheinlich kramen Sie sogar hektisch den Wäschekorb aus. Aber die Katze bleibt verschwunden. Dabei ist diese neue Lektion so einfach zu lernen: Die Katze liegt natürlich unter dem Kleiderschrank in ihrem Körbchen. Dort ist es so schön dunkel, und Sie brauchen ihr mitleidiges Grinsen nicht zu sehen.

FÜNFTES KAPITEL

Nach der stets nur vorläufigen Klärung der endgültigen Platzfrage wird Ihre Katze sich mit der Einrichtung ihrer (und Ihrer) Wohnung beschäftigen. Die wenigsten Wohnungen sind katzengerecht ausgestattet, auch Ihre nicht. Neuerdings werden in angeblichen ›Fachgeschäften‹ speziell für Katzen angefertigte Einrichtungsgegenstände verkauft, deren Nichtbeachtung durch jede gebildete Katze eklatant eine fehlgeleitete Bedarfsplanung offenbart. Kaufen Sie also auf keinen Fall solch ein geschmackloses Plastikhäuschen oder einen dieser scheußlichen billigen Kratz-

bäume. Ihr geerbtes Biedermeiersofa genügt völlig! Katzen haben einen untrüglichen Sinn für Tradition und Stil und würden einen lächerlichen synthetischen Kratzbaum nie mit einem wirklich guten Mahagonimöbel tauschen.

Leider wird die heutige Wohnraumgestaltung allzusehr von einem fatalen Zweckdenken beeinflußt. Das geht von der katzenfeindlichen Versiegelung ehemals schön griffig strukturierter Parkettfußböden bis zu den viel zu dünnen, angeblich pflegeleichten Gardinen mit und ohne Goldkante, die noch nicht einmal das Gewicht einer mittleren Katze aushalten. In den wahrhaft goldenen Katzenzeiten hatte man schwere Samtportieren vor jeder Zimmertür und vor den festen, fußbodenlangen Gardinen mindestens noch einen kletterfreundlichen Vorhang; von den Gardinenbrettern in idealer Katzenbreite nicht zu reden. Eine traditionsbewußte Katze – also jede – kann sich von den heute leider modern gewordenen runden Gardinenstangen aus Kunststoff nur mit stillem Grausen abwenden. Wenn Ihnen also das Wohlergehen Ihrer Katze

wirklich am Herzen liegt, dann vergessen Sie am besten diesen ganzen modernen Tinnef! Sie müssen lernen, daß wir in einer total entfremdeten Umwelt leben. Kein Wunder, daß die Statistik der menschlichen Magengeschwüre und Depressionen ständig steigt. Kann man heute noch selig schlummernd auf dem Ofen liegen wie die alten Russen? Dieses neusachlich moderne Gerippe Ihrer Zentralheizung lädt keineswegs zum trauten Verweilen ein, weder obendrauf noch davor oder dahinter. Es ist dem wirklichen Leben völlig

entfremdet und vergibt seine Wärme nicht mehr individuell, sondern gänzlich beziehungslos. Der klagende Blick Ihrer Katze, wenn sie zu Demonstrationszwecken ihre Beine zwischen den Heizungsrippen verkeilt, wird Ihnen diese unhaltbare Situation gründlich bewußt machen. Damit hat bereits die nächste Lektion begonnen.

Lektion 3
Das ist aber gemütlich bei Ihnen!

Dank der nachdrücklichen Mahnung Ihrer Katze haben Sie kleine, aber bequeme Kachelöfen gekauft, die nach einem einfachen, mehrwöchigen Umbau problemlos von der zentralen Hausleitung mitversorgt werden können. Daß Ihre Katze nun keineswegs auf der Ofenbank, sondern immer noch in dem nach Fisch riechenden Körbchen unter dem Kleiderschrank schläft, sollte Sie nicht irritieren. Das ändert sich nämlich sofort, wenn Sie gemerkt haben, wie praktisch solch eine Ofenbank eigentlich ist: Man kann seine Pfeifen darauf ablegen oder die Zeitung, und wenn Gäste kommen, könnte man die Gläser und den Rotwein dort abstellen. Könnte. Denn wenn Gäste kommen, sitzt natürlich die Katze auf der Ofenbank. Auch wenn Sie Ihre Pfeife dort gerade abgelegt haben oder die

Zeitung. Sie werden lernen müssen, daß die Ofenbank stets frei zu bleiben hat. Es sieht auch viel besser aus, wenn zufällig und ausnahmsweise Ihre Katze dort liegt. Der sanfte Kontrast eines seidig schimmernden Fells zu den fast echten Meißener Kacheln wird Ihre Gäste in wahre Orgien des Entzückens stürzen.

Einigen Gästen wird vielleicht sogar auffallen, daß Sie neuerdings die Zimmertüren weit geöffnet lassen; das sieht sehr gastfreundlich und einladend aus. Erzählen Sie Ihren Gästen nichts von jener Nacht, als Sie durch drohendes Wehklagen zunächst unbekannter Her-

kunft geweckt worden waren. Im ersten Moment hatten Sie angstvoll geglaubt, eine verflossene Freundin hätte ihr Neugeborenes Ihnen vor die Tür gelegt, aber es war nur die Katze. Merke: Geschlossene Zimmertüren sind für Katzen eine unzumutbare Beeinträchtigung des Lebenskomforts. Im Zweifelsfall befindet sich in dem gerade unzugänglichen Raum ein immens wichtiger vorläufig ständiger Platz.

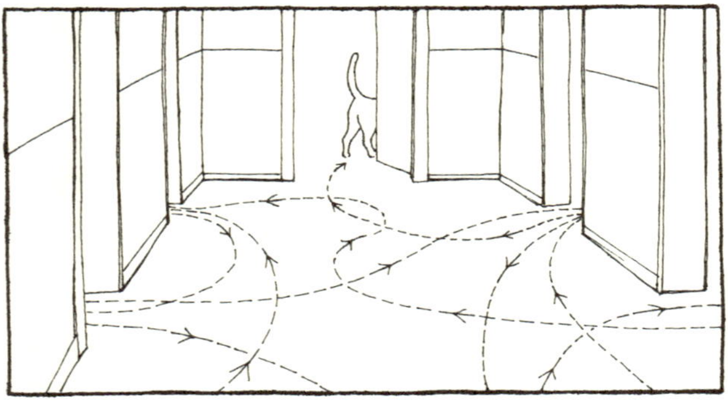

Es wird Ihren Gästen auch nicht verborgen bleiben, daß Sie sich großzügig wirkende hohe Zimmerpflanzen angeschafft haben. Die von Ihnen bisher bevorzugten Schnittblumen waren wirklich sehr unergiebig: Kaum hatte sie die Katze aus der Vase geangelt und angeknabbert, war für alle Beteiligten der blühende Zauber schon verflogen. Eine Zimmer-

palme ist da viel dankbarer: Es vergehen Wochen und manchmal sogar Monate, bis sie an den ständigen Knabbereien eingeht. Davon ausgenommen ist das sogenannte Zyperngras, das Sie lieber gleich neben den Eßteller Ihrer Katze stellen sollten. Mit den entbehrlich gewordenen Schnittblumen entfällt auch das Problem der zuvor zahlreich umherstehenden Vasen. Tatsächlich gibt es heute kaum noch eine katzengerechte Vase; fast immer ist der

Hals zu eng, um ohne Schwierigkeiten aus ihr trinken zu können, was auf die Dauer zu unliebsamen Wasserflecken auf dem natürlich unversiegelten Parkettfußboden führen kann.

Nachdem Sie also derart Ihre Einrichtung dem neuen Lebensgefühl angepaßt haben: gemütliche Kachelöfen, möglichst mit nepalesischem Lamahaar bezogene Biedermeiersitzgruppen, schwere Gardinen und Vorhänge, offene Türen und Regale, schöne Zimmerpalmen und gedämpftes Licht – wenn Sie also in einer solchen, annähernd katzenfreundlichen Wohnung leben, werden Ihre Gäste bewundernd sagen: »Das ist aber gemütlich bei

Ihnen!« Denken Sie immer daran, daß Sie dieses Kompliment nur Ihrer armen Katze verdanken, die in einem nach Fisch stinkenden Korb unter dem Kleiderschrank schlafen muß. Falls Sie Ihre Wohnung aus immanenten oder mietvertraglichen Gründen nicht derart herrichten können, daß es der kätzischen Minimalforderung entspricht, dann ziehen Sie bitte sofort um.

Bedenken Sie aber bei nötig werdenden Umzugsplänen, daß Ihre Katze ein äußerst sensibles Tier ist. Es wäre völlig unmöglich, sie von heute auf morgen mit einem Möbelpacker zu konfrontieren, zu dem sie natürlich nicht die geringste persönliche Beziehung hat. Könnten Sie es verantworten, daß Ihre Katze melancholisch zusehen muß, wie ihr Lieblingssessel von fremden Männern in eine ungewisse Ferne hinausgetragen wird? Eine solche Rücksichtslosigkeit kann unabsehbare, meist sogar tragische Folgen haben. In dem Orte Tonbridge, der Grafschaft Kent zugehörig, flüchtete eine von dem Umzugslärm gestörte

Katze auf einen Baum vor dem Haus und überwachte von dort das Einladen ihrer Möbel in einen Wagen. Sie mußte dabei mit Entsetzen feststellen, daß ihre seit mehreren Jahren in Gebrauch befindliche Schmusedecke offenbar vergessen wurde. Also blieb sie auf dem Baum sitzen. Die Möbelpacker wollten abfahren, aber die Katze beharrte auf ihrer Decke. Der Wohnungseigentümer ließ sich von den verständnislosen Möbelpackern überreden, doch einfach die Feuerwehr zu bemühen, um die Katze aus dem Baum zu holen, anstatt in der gebotenen Ruhe zu überlegen, warum die Katze nicht von selbst herunterkommt. Diese Übereilung rächte sich furcht-

bar. Ein Feuerwehrmann kletterte von seiner Leiter auf einen zehn Meter hohen Ast, nahm die ruhig dort sitzende Katze auf den Arm und wollte gerade mit dem Abstieg beginnen, als der Ast brach. Der Feuerwehrmann starb im Krankenhaus. Die Katze ist dann doch mit umgezogen.

Wenn Sie solche unnötigen Komplikationen vermeiden möchten, dann fahren Sie bitte mit Ihrer Katze voraus in die neue Wohnung und erwarten dort mit ihr zusammen die Ankunft ihrer vertrauten Möbel. Versuchen Sie nicht, einen womöglich unerfahrenen Freund um diese Gefälligkeit zu bitten. Dies hat in Berlin zu einem bedauerlichen Ende geführt. Ein mit dem Umzügler befreundetes Ehepaar wollte die Katze mit dem Auto zur neuen Wohnung fahren. Die über den richtigen Weg unsicher werdende Katze kletterte vom Rücksitz dem 27-jährigen Fahrer auf die Schulter, dieser verlor die Kontrolle über den Wagen, der gegen einen geparkten LKW-Anhänger prallte. Während Katze und Fahrer mit einem Schock da-

vonkamen, erlitt die 23-jährige Ehefrau schwere Verletzungen, denen sie wenig später in einem Krankenhaus erlag. Wenn Sie bedenken, wie leicht auch die Katze hätte verletzt werden können, werden Sie derartige Risikofaktoren bei einem Umzug sicherlich ausschließen wollen.

SECHSTES KAPITEL

Seit Sie eine Katze und vielleicht deshalb auch eine neue Wohnung haben, sollte es Ihnen bewußt sein, daß Sie gewisse Leute einfach nicht mehr einladen können. Das betrifft hauptsächlich verzärtelte Menschen, die es nicht vertragen wollen, wenn eine niedliche kleine Katze an ihren Beinen hochklettert oder ohne Vorwarnung einen kühnen Sprung

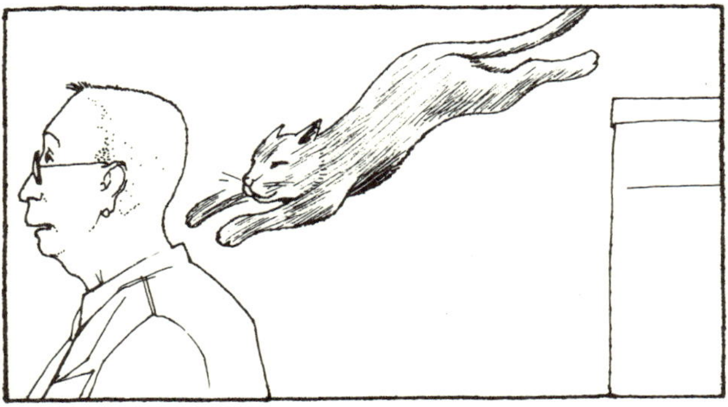

vom Bücherregal auf ihren Rücken wagt. Statt derartige Leistungen zu bewundern und mit entsprechenden Streicheleinheiten zu honorieren, jammern solche Wehleider und Wichtigtuer über eine angeblich ruinierte, in Wahrheit völlig unwesentliche Hose. Oder sie schreien hysterisch auf, nur weil die Katze sich beim Ansprung an ihren Schultern festhalten will. Ein solches Verhalten ist äußerst unangebracht: Erstens ist es dann bereits zu spät und zweitens verwirrt es die Katze. Besonders unsinnig, weil viel zu spät, sind auch die Schreckensschreie weiblicher Personen, wenn sie den intimen Inhalt ihrer Handtasche auf

dem Flur verteilt finden. Solche nervösen Damen dürfen auf keinen Fall ein zweites Mal eingeladen werden, da sie den gewünschten harmonischen Verlauf eines Abends beträchtlich stören. Denn es beginnt in solchen Fällen nicht nur ein hektisches Aufsammeln der mehreren Dutzende sinnloser und überflüssiger Dinge, die eine noch so kleine Damenhandtasche normalerweise zu enthalten pflegt, sondern auch eine planlos nervöse Suche nach der Handtasche selbst. Bedenken Sie, daß Ihre Katze für das emsige Umherkriechen mehrerer erwachsener Menschen auf der Suche nach einer ohnehin unbrauchbar gewordenen Tasche kein Verständnis haben wird. Verzichten Sie also in Zukunft auf die Anwesenheit solcher Unruhestifter!

Achten Sie auch unbedingt darauf, daß Ihre Gäste nicht irgendwelchen Krimskrams auf wichtige, vorläufig ständige Katzenplätze legen. Auch die Mäntel Ihrer Gäste sind in der Garderobe durchaus am falschen Platz. Die Katze merkt sofort, wenn eine sonst fast leere Garderobe plötzlich wirr mit ungewohnt riechenden Kleidungsstücken verhängt ist. Sie wird sich daher große Mühe geben, den gewohnten ordentlichen Zustand wiederherzu-

stellen. Spätestens bei der Entdeckung dieser selbstlosen Arbeit sollten Sie sich für den kommenden Tag einen Termin mit Ihrem Versicherungsagenten vormerken, zwecks Erhöhung der Haftpflichtversicherung. Auch solche Gäste, die ohne Mantel nicht glauben leben zu können, sollten Sie nicht wieder einladen. So zeigt Ihnen Ihre Katze mit einfachsten Mitteln, welch oberflächlichen Zeitgenossen Sie bisher Ihre kostbare Zeit geopfert haben.

Es soll auch Menschen geben, die Angst vor Katzen haben. Diese Neurotiker können Sie unbeachtet lassen, denn sie haben auch Angst vor Menschen, die keine Angst vor Katzen haben. Schwieriger ist es mit potentiellen Gästen, die zunächst überhaupt keine Reaktion zeigen. Es gilt zwar der bekannte Lehrsatz, daß jemand, der weder Hunde noch kleine Kinder mag, kein schlechter Mensch sein kann, aber dies besagt nicht unbedingt etwas über seine Haltung zu Katzen. Man kann davon ausgehen, daß die Unterdrückung jeder spontan verwunderten Äußerung zu einem zerrissenen Mantel oder einer sorgfältig entleerten Handtasche auf ein traumatisches Kindheitserlebnis und somit auf ein gestörtes Verhältnis zu Ihrer Katze hinweist. Allerdings hat die Katze dies natürlich viel eher bemerkt als Sie, und sie hat sogar versucht, Sie auf solche zweifelhaften Gäste nachdrücklich aufmerksam zu machen.

Dies kann auf verschiedene Weise geschehen, wobei das Grundprinzip immer gleich bleibt: Die Katze wird sich ununterbrochen mit dem Gast beschäftigen. Beim Aperitif schnuppert sie noch beiläufig an seinem Glas, setzt sich aber vielleicht schon vielsagend auf seine Pfeifentasche, um dezent anzudeuten, daß sein längeres Verbleiben nicht in ihrem Sinne wäre. Da Sie noch keine Erfahrung im Entschlüsseln derartiger Mitteilungen haben, ge-

hen Sie leider ahnungslos darüber hinweg und glauben an einen Zufall. Nun wird Ihre Katze Ihnen zeigen, daß es Zufälle seit dem Zeitpunkt ihrer Machtübernahme nicht mehr gibt: Sie setzt sich demonstrativ auf den Schoß des Gastes, besonders wenn er dunkel gekleidet ist und die Katze ein helles Fell hat oder umgekehrt – eine Taktik, der keine Kleiderbürste gewachsen ist. Sie können künftig da-

von ausgehen, daß sich Ihre Katze nur auf den Schoß derjenigen Gäste setzt, die sie absolut nicht ausstehen kann. Merken Sie hier den Kauf mehrerer Kleiderbürsten vor! Es wird Sie verblüffen, wie viele Haare eine noch so kleine Katze *nicht* braucht. Ein Säuberungsversuch der Kleidung von den sorgfältig verteilten Haaren überbrückt die Zeit vom Aperitif bis zum Essen auf unkonventionell netteste Art.

Lektion 4
Ernähre dich so, daß deine Katze es verträgt.

In dem Augenblick, da Ihr Gast sich zu Tisch setzen will, wird er unweigerlich feststellen, daß auf seinem Stuhl bereits eine Katze sitzt. Aus übertriebener Höflichkeit gegen den Gast fühlen Sie sich verpflichtet, das arme Tier zum baldigen Verlassen dieses Platzes aufzufordern, was gerade soviel Zeit beansprucht, daß Sie danach in den Genuß einer lauwarmen Suppe kommen. Servieren Sie also in Zukunft kalte Vorspeisen!

Es ist selbstverständlich, daß auch Ihre Katze sich für die Qualität der angebotenen Speisen lebhaft interessiert; schließlich liegt ihr nichts mehr am Herzen als Ihr Wohlbefinden. Da sie Ihnen weder den Genuß noch die Menge der auf Ihrem Teller befindlichen Gerichte schmälern will, wendet sie sich dem Gast zu. Sie zieht den Gast auch deshalb vor, weil sie weiß, daß Sie noch mit der emotionalen Verarbeitung ihres strafenden Blicks bei der Zwangsräumung des Gästestuhls beschäftigt sind.

Die Katze setzt sich also aufmerksam neben den vorübergehend durch eine fremde Macht annektierten Stuhl. Was nun folgt, ist ein Ritual, das man nur verstehen kann, wenn man

das ausgeprägte kätzische Traditionsbewußtsein berücksichtigt. Bekanntlich hatten die ägyptischen Pharaonen ihre Vorkoster, die sie vor verdorbenen Speisen, auch absichtlich verdorbenen, schützen sollten, indem sie von jeder Speise einen Bissen probierten, bevor diese zum allgemeinen Verzehr freigegeben wurde. Die ägyptischen Menüs bestanden, wie man heute aus der Rekonstruktion der perforierten Magenwände der Sphinx von Gizeh weiß, normalerweise aus jeweils neun Speisen. Jede davon konnte schlecht geraten oder verdorben sein, besonders wenn man das heiße Klima in jener Region bedenkt. Da nun die Katze über das empfindlichste Geschmacksorgan aller Menschen verfügt, ist es nur natürlich, daß sie den idealen Vorkoster darstellt. Sie durfte deshalb von jeder der neun Speisen probieren, wovon die Volksweisheit herrührt, daß eine Katze neun Leben habe. Es wird sogar angenommen, daß aus dem Begriff des ›Kosters‹ durch die zweite niederägyptische Lautverschiebung unser Wort ›Katze‹ entstanden ist – eine Theorie, deren Entbehrlichkeit kaum überschätzt werden kann. Auch der weitverbreitete Name ›Pussi‹ stammt ja bereits aus Ägypten, was durch die Hieroglyphe auf dem Wasserschälchen im Britischen Museum einwandfrei belegt ist.

Dieser kurze historische Exkurs war nötig, um nochmals eindringlich auf das Traditionsbewußtsein auch Ihrer Katze aufmerksam zu machen, ohne welches Sie das regelmäßige Essensritual falsch oder gar nicht verstehen würden. Denn die Katze will keineswegs am Tisch naschen oder gar betteln; das sind völlig absurde Behauptungen, die von mißgünstigen Hundebesitzern verbreitet werden. Sie möchte einzig aufgrund einer viertausendjährigen Tradition von jeder Speise vorsorglich kosten. Wenn Sie dieses ehrwürdige Ritual aufmerksam verfolgen, werden Sie bald merken, wie sorgfältig die Katze dabei vorgeht. Sie widmet sich nämlich bevorzugt den leichtverderblichen Speisen.

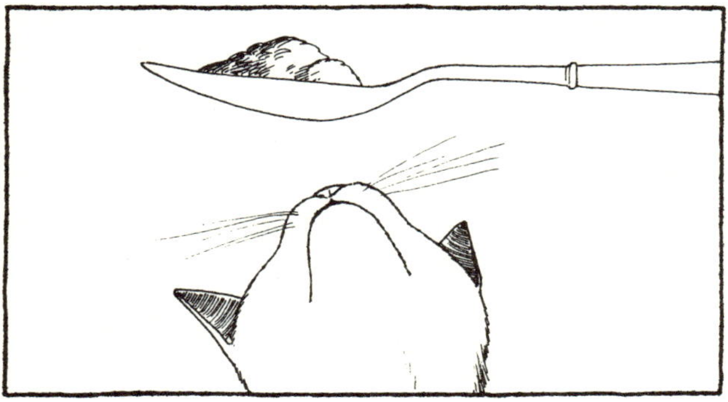

Mit gespanntem Geruchssinn verfolgt sie, wie Ihr Gast nach der Suppe seine Forelle ›Müllerin Art‹ filiert, und erwartet nun ihren obligatorischen Probebissen. Sie weiß, wie gefährlich es sein kann, Fische oder Krustentiere zu sich zu nehmen, die nicht absolut frisch sind. Deshalb wird sie, falls Ihr Gast nicht an den ersten Probebiß denkt, mahnend eine Pfote auf sein Knie legen. In dringenden Fällen, bei denen der Gast voreilig schon fast den Bissen im Munde hat, ist es leider geboten, die mahnenden Krallen zu benutzen. Der erste Bissen wird ihm dann auf diese Weise garantiert von der Gabel auf den Boden fallen. Lächeln Sie jetzt dem möglicherweise verstörten Gast beruhigend zu, und nicken Sie bekräftigend, wenn er sprachlos auf die vorkostende Katze zeigt! So beseitigen Sie am schnellsten die häufig noch im Volk bestehenden Vorurteile gegen angeblich naschende Katzen.

Auf derart selbstlose Weise trägt die Katze täglich zu Ihrem und Ihrer Gäste Wohlbefinden bei. Erschweren Sie ihr diese Aufgabe

nicht unnötig dadurch, daß Sie nachts heimlich an den Kühlschrank schleichen. Einmal können Sie sie vielleicht überlisten, aber beim zweitenmal wird sie im Flur liegen, und Sie treten kurz vor der Küchentür auf etwas Weiches, stolpern gegen den Türpfosten und … Jedenfalls gewöhnt Ihnen die Katze auf diese Weise das unvorsichtige Naschen ab. Merke: Iß nichts, was Deine Katze nicht schon kennt!

Diese Lektion war nicht leicht; sie stellt an Lehrer und Schüler gewisse Ansprüche, da sie aus ineinandergreifenden Übungen besteht. Einerseits zeigt Ihnen die Katze, welche Gäste Sie in Zukunft noch einladen dürfen, andererseits mahnt sie zu vernünftiger Ernährung. Aber solche Kombination bedingt sich notwendig, denn solange Sie noch allein waren, aßen Sie ja doch nur Sachen, die weit unter dem kultivierten Ernährungsniveau liegen: Pizza oder Spaghetti, Schweinshaxen, Hamburger oder serbische Bohnensuppe. Solche Dinge vorzukosten ist unter der Würde jeder Katze.

Damit sind wir bei der wichtigen Frage angelangt, was eine Katze eigentlich essen möchte. Die Antwort ist einfacher, als Sie glauben, denn Sie denken jetzt noch sicher an jene im Werbefernsehen gepriesenen Blechbüchsen,

die angeblich die Lieblingsnahrung aller Katzen enthalten sollen. Das stimmt natürlich nicht. Oder haben Sie jemals bemerkt, daß eine Katze mit einem Dosenöffner umherläuft? Falls Sie das Zeug vorschnell bereits gekauft haben sollten, geben Sie es Ihrer Nachbarin, vielleicht hat sie ein Kleinkind, oder schicken Sie es an das Studentenwerk, aber bitte beleidigen Sie Ihre Katze nicht damit. Es ist auch widersinnig, erwachsenen Katzen Milch anzubieten – keine Katze würde je auf die Idee kommen, eine Kuh zu melken. Natürlich trinkt sie Wasser. Tafelwasser, am liebsten französisches, wegen des eleganten Designs der Kronenkorken.

Und so beantwortet sich die Frage, was Ihre Katze zu speisen wünscht, fast von selbst: Da sie genügsam ist, wird sie Ihnen von ihrem Essen immer soviel abgeben, daß Sie noch satt werden. Morgens das Gelbe von jenem Ei, das Ihnen immer zu hart gerät, und vielleicht etwas Kräuterkäse. Mittags zwei Stangen kalten Spargel oder einige frische Champignons, und abends genügt ein Scheibchen Lachs oder etwas Tartar. Mehr nicht. Manche Katzen bevorzugen abends eine herzhafte Pferdesalami, aber das ist Geschmackssache. Es darf allerdings nicht verschwiegen werden, daß es Katzen gibt, die keinen Lachs mehr riechen können und die deshalb eine so snobistische Nahrung wie Hering an Bratkartoffeln vorziehen – ein bedenkliches Dekadenzsymptom.

SIEBTES KAPITEL

Es soll eine Species vierbeinigen Lebens geben, die ein domestiziertes Mittelding zwischen dem australischen Dingo und einem russischen Wolf darstellt und in gewissen, daran interessierten Kreisen verharmlosend ›Hund‹ genannt wird. Ihre Besitzer sind auch ohne diese Tiere in der Öffentlichkeit sofort an ihrem neurotischen Verhalten zu erkennen: Sie bleiben entweder an jedem Baum, Verkehrszeichen oder Kneipenschild stehen, oder sie laufen unentwegt. In der medizinischen Terminologie unterteilt man sie in ›Rentner‹ und ›Jogger‹; ein Mittelding gibt es nicht.

Eine derart primitive dualistische Weltanschauung ist für eine Katze natürlich lächerlich. Sie würde sofort einen planlosen Pendler ebenso verlassen wie einen ziellosen Renner. Aber es ist nun einmal nicht zu leugnen, daß ein großer Teil ehemals zu gewissen Hoffnungen berechtigender Menschen ›auf den

Hund‹ gekommen ist. Die Gründe dafür sind in diesem Zusammenhang irrelevant, die Auswirkungen jedoch eher peinlich. Eine anständige Katze traut sich heutzutage kaum mehr ohne Begleitung auf die Straße. Überall muß sie mitansehen, wie ungeniert und öffentlich gegen Bäume gepinkelt wird. Das wäre im alten Ägypten nicht möglich gewesen. Es gibt eine vielleicht in gewissen Details überinterpretierende Theorie, daß die Pyramiden in Wahrheit verschwiegene und vor öffentlichen Blicken geschützte Katzentoiletten gewesen sind – aus kätzischer Diskretion mit geheimen und für Hunde unzugänglichen Eingängen und Geheimtüren versehen. Das eigentliche

Örtchen war so geschickt versteckt, daß es von den Archäologen nie gefunden wurde. Entdeckt worden sind jeweils nur die Toilettenwärter, fälschlich als ›Pharaonen‹ bezeichnet. Diese Theorie mag ihre zwei Schattenseiten haben, aber es wäre doch keiner ägyptischen Katze in den Sinn gekommen, an einem Obelisken ihr Bein zu heben, wie dies nach Erfindung der Hunde üblich geworden ist.

Man kann getrost von einer Teilung der Kulturen in ruhende und ruhelose sprechen. Ein Hund wird immer dort ruhelos sein, wo die Katze sich niederläßt. Nun ist nach Erkenntnis des Neoplatonismus der Körper und seine Zustände ein Symbol des Weltganzen und so auch seine Bedürfnisse: Nahrung und Ausscheidung, ein tiefer symbolischer Prozeß. Die Katze setzt sich zu ihrem ruhigen Weltgeschäfte, ob groß oder klein, beschaulich nieder, aber der Hund, jener nervöse Repräsentant neureicher patriarchalischer Horden, hebt im Stehen sein Bein und blickt dabei frech um sich. Ganz anders doch die Katze:

Ihrem nach innen gekehrten Blick sieht man an, daß sie die Sache um ihrer selbst willen erledigt. Ebenso beim Fraße: Es frißt nur der Hund, natürlich im Stehen und öffentlich. Die Katze läßt sich nieder und speist; sie mag auch hier keine Beobachter. Für den Hund ist die Nahrungsaufnahme ein purer instinktiver Akt, für die Katze aber ein Spiel.

Hund und Katze sind also kulturelle *Gegenspieler*, die sich fast nie friedlich vereinen lassen.

Lektion 5
Leben wie Hund und Katze?

Die Domestizierung des Menschen bringt zwangsläufig ein Zusammenleben auf begrenztem Raum mit sich. Es ist von mehreren verkannten Wissenschaftlern nachgewiesen worden, daß durch solche Sozialisation sich die Agressionen steigern. Man lebt zu zweit in einer Vierzimmerwohnung enger zusammen als in zwei räumlich getrennten Einzimmerappartements. Das glauben sehr viele Paare nicht, die aus angeblicher Liebe (zur größeren Wohnung) heiraten und sich bald ›nicht mehr riechen‹ können. Dieser der Tierwelt entlehnte Terminus bedeutet natürlich, daß sie sich nur allzu deutlich riechen müssen: Ihre Reviere liegen zu nahe beieinander, da Küche, Bad, Wohnraum und in extremen Fällen sogar das Bett gemeinsam benutzt werden.

Wer morgens ein parfümgeschwängertes Badezimmer betreten muß, um sich zu rasieren, wird das Wort vom ›kulturellen Gegenspieler‹ ohne weiteren Kommentar verstehen.

Für jeden Hund, ganz gleich ob Dogge oder Pinscher, bedeutet eine Katze das unbekannte Wesen. Für jede Katze aber ist der Hund nur das bekannte Unwesen, zumal alle Hunde von einer Katze immer nur das Eine wollen: schnüffeln. Der Hund macht also einen Bogen und nähert sich dem unbekannten Wesen von hinten, die Katze findet das unziemlich und dreht sich abrupt um. Vor dieser uner-

warteten Bewegung erschrickt der feige Hund und zuckt zusammen – die Katze hält dies für eine Drohung und zieht ihm ihre Krallen über die Nase. Diese wenig kommunikative Grundsituation macht die existentielle Unvereinbarkeit beider Lebensformen deutlich.

Der scheinbar so lapidare Satz ›sie leben wie Hund und Katze‹ ist nicht ohne Grund sprichwörtlich geworden und resümiert das Problem so vieler Ehen.

Dies war nicht immer so. Bekanntlich lebten im Paradies Mann, Katze, Hund und Frau friedlich zusammen und teilten sich frohgestimmt in ihre kulturelle Ahnungslosigkeit. Dieser natürliche Zustand wird heute noch erreicht, wenn Hund und Katze von klein auf gemeinsam aufwachsen, als Geschwister sozusagen. Jeder hält dann den anderen für seinesgleichen. Bei Menschen funktioniert das leider nicht.

Auch in der sogenannten ›freien Natur‹ gibt es zwischen Hund und Katze kaum Probleme: Sie haben getrennte Lebensbereiche, in denen sie auf Beutezüge gehen, ohne sich zu stören. Es kommt innerhalb der unterschiedlichen Lebensgewohnheiten sogar zu einer Art Arbeitsteilung, mit der die höhere Einsicht der Katzen in gewisse elementare Lebenszusammenhänge bewiesen wird.

Katzentiere bewohnen meist die höheren Regionen, wie Felsen oder Bäume. Der Hyänenhund oder der Schakal dagegen streift in der Ebene umher und jagt die Beute so lange, bis sie nach mühsamer Beinarbeit erlegt ist. Die Katze beobachtet dies von ihrem übergeord-

neten Standpunkt aus sehr aufmerksam. Erst wenn der abgehetzte Hund neben der erlegten Beute liegt und seinem fliegenden Herzen die verdiente Ruhe gönnen will, verläßt die Katze ihre Astgabel und bequemt sich zum Mahle. Der Schakal findet es ganz natürlich, daß eine Löwin das Fleisch zerlegt, er ist ohnehin noch zu erschöpft. Gemeinsam kauen sie dann an einem Antilopenlauf und trennen sich nach der Mahlzeit wieder. Meist beseitigt der Hund die Reste, indem er sie zu verscharren versucht; die Katze stört ihn dabei nicht, sondern legt sich zu gründlicher Körperpflege und einem Verdauungsschläfchen nieder. Prinzipiell ist auch diese Situation vielen

Ehepaaren bekannt, dennoch kommt es in der Praxis oft zu Schwierigkeiten. Die kluge Katze vermeidet sie, indem sie dem von der Nahrungsbeschaffung heimkehrenden Hund nicht erst lange Geschichten von unartigen Kindern und gestiegenen Preisen erzählt, sondern sich taktvoll schweigend mit der Aufteilung der Nahrung beschäftigt. Es würde auch keiner Katze einfallen, beim Aufräumen zuzusehen und zu mäkeln, daß man diesen oder jenen Knochen vielleicht morgen noch verwenden könnte – sie weiß, daß ihr Hund morgen ohnehin wieder auf Beutezug geht. Ausgeruht und frisch gepfotet wird sie dann das Ergebnis seines Eifers begutachten.

Tatsächlich stellen Schönheitspflege und Nahrungsaufnahme die wesentlichen Beschäftigungen einer modernen Katze dar. Auch in ihrem Leben hat sich vieles durch die Automatisierung der Küche geändert: Wenn sie schnurrt, gehen Sie automatisch an den Kühlschrank und suchen den Rest der Forelle von gestern abend. Und während Sie noch suchen,

hat die neben Ihnen lauernde Katze bereits Ihre Putenbrust von heute zwischen den Zähnen und verschwindet lautlos.

Was aber macht eine Katze, wenn sie nicht schläft, sich nicht putzt und nicht ißt? Sie denkt darüber nach. Manchmal gerät sie ins

Grübeln, welche Reihenfolge sie einhalten soll. Normalerweise ißt sie zuerst, putzt sich dann, ruht sich aus, putzt sich, ißt, schläft, denkt, ißt, putzt sich, ruht, putzt sich ... Es grenzt an ein Wunder, daß ein derartiger Alltagsstreß von einer Katze ohne nennenswerte nervöse Störungen bewältigt werden kann. Nehmen Sie sich daran ein Beispiel.

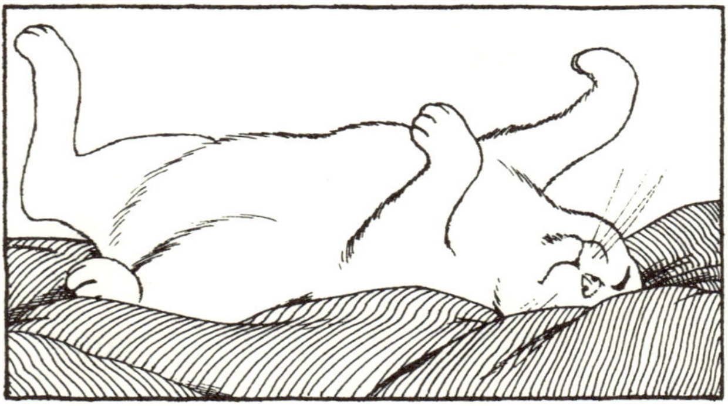

Allerdings gibt es bei vielen Katzen noch eine weitere Beschäftigung, deren tieferer Sinn zunächst sehr schwer zu durchschauen ist: Sie gibt vor, sich mit Ihnen zu beschäftigen. Wie jeden Abend sitzen Sie vor dem Fernsehgerät und wollen gerade einschlafen, da setzt sich

Ihre Katze ebenfalls vor das Gerät, und zwar so, daß Sie das Bild nicht mehr sehen können.

Spätestens bei solcher Gelegenheit fällt Ihnen auf, wie unzulänglich die heute noch üblichen Fernbedienungen sind: Trotz eifrigen Tastendrucks bleibt die Katze direkt vor dem Bildschirm sitzen. Von Ihrem Analytiker wissen Sie aber, daß Sie einen gefährlichen postpubertären Schub bekommen werden, wenn Sie ohne die aktuelle »Star-Trek«-Spätwiederholung einschlafen sollten. Da nützt auch die Anschaffung eines Videorecorders nichts. Laut Statistik besitzen überdurchschnittlich viele Katzenfreunde solch ein Gerät, um heimlich und von ihrem Liebling ungestört in der Garage die jeweils gestrigen Nachrichtenmagazine zu sehen.

Was tun? Auf der Ofenbank neben Ihnen liegt Ihr Pfeifenbesteck; also formen Sie aus einem der farbigen Pfeifenreiniger eine Kugel und werfen sie mit dringlichen Lockrufen in die vom Fernsehgerät am weitesten entfernte Zimmerecke. Da Sie dies jeden Abend ma-

chen, können Sie nicht erwarten, daß Ihre Katze auch heute noch darauf reinfällt. Leider war es aber heute Ihr letzter Pfeifenreiniger, und Sie müssen nun rasch, bevor Sie »Star

Trek« versäumen und Ihrem postpubertären Schub ausgeliefert sind, aufstehen und ihn zwecks Reinigung Ihrer Pfeife suchen. In dem Moment, da Sie Ihren Sessel verlassen, um sich auf allen Vieren suchend und tastend in die entfernteste Ecke des Zimmers zu bewegen, wird Ihre Katze auch den Platz vor dem Bildschirm verlassen und sich Ihnen inter-

essiert anschließen. Natürlich weiß sie, wo die gesuchte Kostbarkeit liegt, aber sie sagt es nicht. Schnurrend und mit hocherhobenem Schwanz tänzelt sie genau vor Ihrem Gesicht hin und her. Nichts scheint ihr in diesem Augenblick wichtiger zu sein, als daß Sie sich mit ihr beschäftigen. Leider fallen Sie auf diesen ausgeklügelten Trick herein; Sie streicheln und kraulen die Katze, freuen sich und reden unkontrolliert sinnloses Zeug: »Wo ist denn mein Liebling, ja wo ist er denn, ja da ist er ja, ach ist das schön ...« Wie Sie bei nüchterner

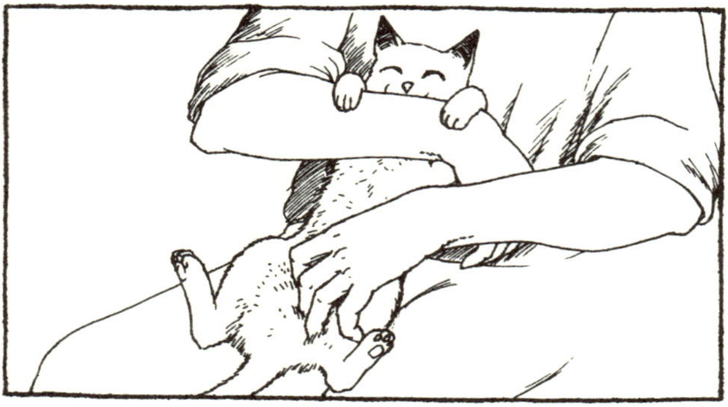

Betrachtung selbst feststellen können, sind es die üblichen Idiotismen, die bei jedem durchschnittlichen Liebespaar anfallen. Und ausgerechnet Sie hatten sich für intelligenter gehalten.

Jedenfalls hat die Katze ihr Ziel erreicht: Sie bilden sich ein, daß sie sich mit Ihnen beschäftigt, und haben darüber den letzten und leider vorschnell zweckentfremdeten Pfeifenreiniger völlig vergessen. Um das melodische Schnurren Ihrer Katze besser hören zu können, schalten Sie sogar geistesabwesend das Fernsehgerät aus, obwohl es gerade einen äußerst reizvollen weiblichen Alien zeigt. Von der Illusion, daß die Katze sich mit Ihnen beschäftigt, nur weil sie ständig um Sie herumstreicht, von einer Pfote auf die andere tritt und schnurrt, sind Sie derart blind begeistert, daß Sie sich unversehens in die Küche locken lassen und tatsächlich automatisch, wie hypnotisiert, den Kühlschrank öffnen. Nichts anderes hatte Ihre Katze von Anfang an bezweckt: eine kleine Stärkung zur Nacht. Blitzartig verschwindet sie mit der Putenbrust an ein vorläufig ständiges geheimes Plätzchen. Den Forellenrest werfen Sie jetzt besser weg; er war ohnehin zu fett.

In trügerischer Zufriedenheit gehen Sie nun zu Bett. Sie glauben sogar, den Analytiker überlistet zu haben, und schlafen tatsächlich

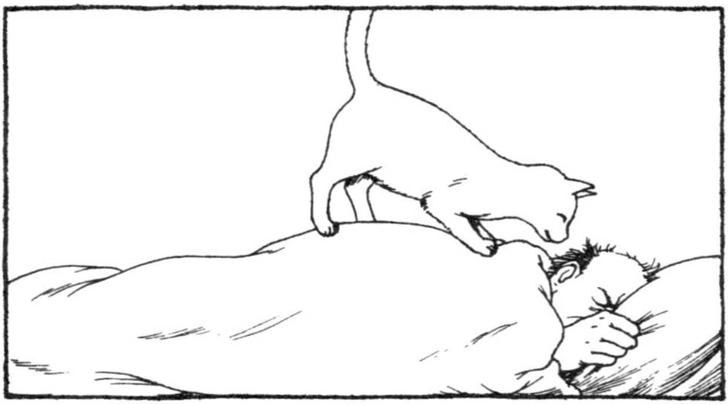

ohne außerirdische Reize ein. Ihre Katze wartet, bis Sie ganz entspannt atmen, und putzt sich inzwischen. Und dann, mitten in der Nacht, geht der Spuk los: Ein intergalaktischer Terroristentrupp galoppiert durch das Zimmer, über das Bett, über Sie hinweg, reißt

die Bettdecke weg und ist verschwunden. Entsetzt fahren Sie hoch und fürchten, daß der Analytiker doch recht hatte: Der Schub ist da. Aber es ist noch viel schlimmer. Frisch gestärkt und ausgeruht spielt Ihr reizender Liebling mit dem leichtsinnigerweise vergessenen Pfeifenreinigerkügelchen.

Natürlich versuchen Sie, dieses Spielzeug mit einem kühnen Sprung zu erhaschen, aber das ist aussichtslos, denn die Katze ist für derartige Spielchen ungleich besser konditioniert als der schwerfällige Mensch. Sie paßt besser unters Bett, und bis Sie sich gebückt haben, sitzt sie längst hinter der Zimmerpalme und hat die Kugel zwischen den Hydrokultursteinchen versteckt. Richten Sie sich also auf eine unruhige Nacht ein, und beginnen Sie mit der Lektüre von Prousts vielbändigem Ro-

manwerk *Auf der Suche nach der verlorenen Zeit*. Dort werden Sie auf den ersten Seiten eine beeindruckende Schilderung finden, wie jemand, der keine Katze hat, auch nicht richtig schlafen kann. Vielleicht tröstet Sie das.

Wenn Sie dann im frühen Morgenrot entnervt aus dem zerwühlten Bett steigen und in die Schuhe fahren, damit Sie nicht mit nackten Füßen auf die überall verstreuten Hydrokultursteinchen treten müssen, dann werden Sie einen stechenden Schmerz im großen Zeh verspüren. Unterdrücken Sie einen disziplinlosen Aufschrei, und denken Sie daran, daß Sie nicht im Orient wohnen: Es kann also kein Skorpion sein, sondern nur der nackte Draht des Pfeifenreinigers, dessen Spitze sich in Ihr Nagelbett gebohrt hat.

Nach beendigtem Spiel hat die Katze ihn pflichtbewußt zurückgegeben. Sie ist übrigens nirgends zu sehen; wegen Ihrer nächtlichen Leserei hatte sie kein Auge schließen können und muß sich jetzt erstmal gründlich ausschlafen. Folgen Sie ihrem Beispiel, und nehmen Sie sich einen Tag Urlaub, begeben Sie sich wieder zu Bett, und lesen Sie weiter Proust.

ACHTES KAPITEL

Wie für den Hund das Schnüffeln, so kann für den unerfahrenen Katzengastgeber das Streicheln zum Problem werden. Befolgen Sie im Zweifelsfall immer die Anweisungen Ihrer Katze.

Lektion 6
Streicheln und streicheln lassen

Eine Katze will immer dann gestreichelt werden, wenn Sie dazu gerade überhaupt keine Zeit haben. Sie stehen am Herd und bereiten das Abendessen vor, das heißt: Sie wollen es vorbereiten, da Sie in zehn Minuten Ihre Gäste erwarten. Also schlagen Sie vorsichtig eine Sauce Hollandaise im Wasserbad, da Sie als Vorspeise kalten Spargel reichen wollen, der bereits auf Tellern portioniert auf der Arbeitsfläche neben dem Herd steht. Ihre Katze schläft ruhig in ihrem immer noch etwas nach Fisch riechenden Körbchen unter dem Schrank – denken Sie. Aber wahrscheinlich denken Sie in diesen Minuten überhaupt nicht an Ihre angeblich so geliebte Katze. Deshalb erschrecken Sie auch so maßlos, als Sie einen Schritt vom Herd zurücktreten, um nach der Uhr zu sehen, denn Sie stolpern, das Wasserbad schwappt in die Sauce, der Rührbesen fällt,

und die Katze ist beleidigt. Sie saß nämlich die ganze Zeit hinter Ihnen und wartete geduldig, bis Sie Zeit hätten, um sie zu streicheln.

Leider glauben Sie, immer noch keine Zeit für die Katze zu haben, und wenden sich leise fluchend wieder der Sauce zu. Ihre Katze wird dafür kein Verständnis haben. Sie wartet aber dennoch ab, mit der ruhigen Gewißheit, schließlich doch noch zu ihrem Streichelrecht zu kommen. Sie beobachtet, wie Sie angestrengt unter ständigem Rühren in den Topf starren, und nähert sich Ihnen nun vertrauensvoll auf dem Ihrem Blickfeld eher entgegenkommenden Niveau der Arbeitsplatte. Dabei stören die Spargelteller beträchtlich. Die Katze wird sie sorgsam umgehen, nicht ohne den Spargel zuvor gekostet zu haben. Dann setzt sie sich bescheiden hin und wartet ab, bis Sie Zeit haben werden.

Sie aber starren leider immer noch uneinsichtig und egoistisch in den Saucentopf und bemerken die zarte Annäherung nicht. Nur so ist es zu verstehen, daß Sie blindlings den Rührbesen ausgerechnet dort ablegen möchten, wo eben noch ein freier Platz neben den Tellern war.

Natürlich empfindet Ihre Katze den auf ihr abrutschenden nassen Gegenstand als drohende Beleidigung und weicht aus. Leider ist der Platz begrenzt, so daß notwendig ein Teller zu Boden fällt.

Es wäre sehr ungerecht, nun etwa die Katze beschimpfen zu wollen. Sie können sicher sein, daß Sie sich dieses Mißgeschick selbst zuzuschreiben haben, denn Sie hätten nur etwas weniger verkrampft in den Topf zu starren brauchen, dann hätten Sie gemerkt, daß Ihre Katze gestreichelt werden möchte. Tun Sie es jetzt, während Sie neben der Katze auf dem Fußboden hocken und die Scherben einsammeln. Sie wird es Ihnen danken, indem sie Ihnen hilft, den Spargel zu beseitigen. Wenn Sie aber falsch reagieren, die Katze immer

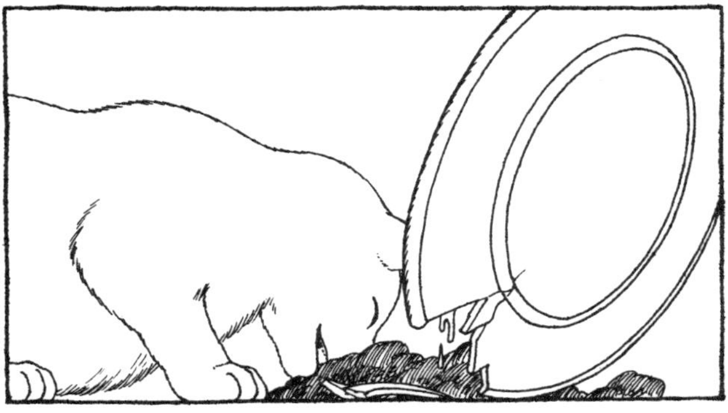

noch mißachten und hektisch zum Telefon laufen, um Ihre beste Freundin, die ohnehin immer zu spät kommt, zu bitten, sie möge eine Dose Spargel und eine Tütensoße mitbringen – dann allerdings wird die Katze Ihnen zeigen, daß sie von derlei Ausflüchten gar nichts hält. Sie setzt sich auf Ihr kleines Telefonbüchlein, das Sie jetzt verzweifelt suchen. Sonst haben Sie die Nummer immer im Kopf, aber in Ihrer planlosen Hektik verges-

sen und übersehen Sie alles, selbst diesen dezenten Hinweis Ihrer Katze. Falls Ihnen die richtige Nummer nach mindestens zwei Fehlversuchen doch noch eingefallen sein sollte, dann stolziert Ihre Katze garantiert übers Telefon, tritt auf die Tasten und unterbricht die Verbindung. Wundern Sie sich also nicht, wenn Ihre Freundin sichtlich irritiert eine Tüte Spargelsuppe mitbringt. Sie konnte Sie nicht verstehen, aber das ist nur die Strafe dafür, daß Sie Ihre Katze nicht verstanden.

Es gibt eine Fülle solcher Geschichten, die alle von menschlicher Unzulänglichkeit berichten.

Eine davon ist in die Literatur und in die Kriminalgeschichte eingegangen, da der berühmte Perry Mason ihr die Lösung eines schwierigen Falles verdankte. Seine Sekretärin Della Street hatte sie ihm aus dem *San Francisco Chronicle* vorgelesen: Morgens um zwei hörte Carr Luceman, Delinton Avenue 1309, an der Hintertür ein Geräusch wie von einem Einbrecher. Luceman stand auf. Trotz seines Alters von 65 Jahren beschloß er, nicht die Polizei zu rufen, sondern den Dieb auf eigene Faust zu stellen. Wie er selbst später einem Reporter sagte: »Ich wollte ihn ja gar nicht verletzen, sondern ihm nur einen anständigen Schreck einjagen.«

Er nahm seinen Revolver aus der Nachttischschublade, zog sich die Pantoffeln an und schlich vorsichtig in die Küche, wo er schon wieder ein leises Geräusch am Fenster hörte. Luceman entsicherte seinen Revolver. Aber beim Näherschleichen erkannte er den Schatten im Fenster – und legte mit einem aufatmenden Lachen die Waffe auf den Küchentisch. Der vermeintliche Einbrecher war Lucemans Katze. Er hatte am Abend zuvor vergessen, ihr die gewohnte Mahlzeit (Dienstag:

Huhn) hinzustellen, und die hungrige Katze hatte ihn nur daran erinnern wollen.

Luceman ließ also die Katze herein und wandte sich zum Kühlschrank. Als er die Hähnchenbrust auf den Tisch stellen wollte, sprang die Katze hinauf und stieß den Revolver von der Tischkante. Luceman ließ den Tel-

ler fallen, um die Waffe aufzufangen, bevor sie auf den Boden fiel. Zu spät. Sie entlud sich und die Kugel schlug eine schmerzhafte Wunde in Lucemans Oberschenkel. Die verschreckte Katze verließ fluchtartig den Ort des Geschehens. Luceman versuchte kriechend, das Telefon zu erreichen, wurde infolge des Blutverlusts ohnmächtig und erst am nächsten Morgen vom Milchmann gefunden. Die Katze blieb verschwunden. Vielleicht hat sie sich ein Haus gesucht, in dem ihr das Essen weniger umständlich gereicht wird.

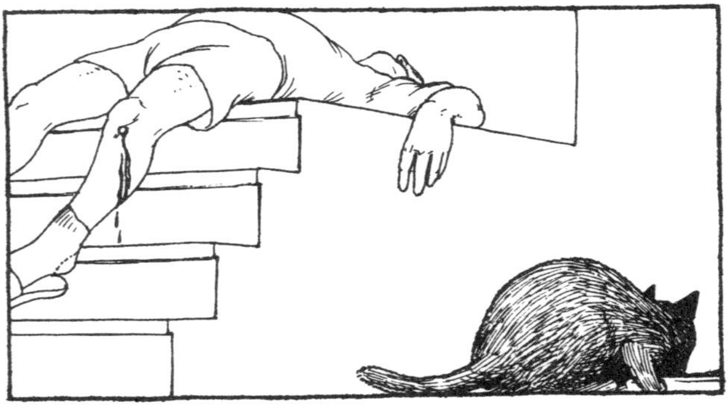

Dies war ein Fall menschlicher Vergeßlichkeit, den die Katze vielleicht ein wenig zu streng ahndete, aber in der folgenden Geschichte dominiert eine ganz gewiß typisch menschliche Koalition von Dummheit und Niedertracht, und der Katze wird man danken dürfen, daß sie nicht noch schlimmer ausging: Dagmar aus Hechthausen pflegte trotz winterlicher Minusgrade ihre abendliche Schwangerschaftsgymnastik am offenen Fenster ihres Bauernhauses zu betreiben. Da sie mit dem Rücken zum Fenster gymnastete, bemerkte sie nicht, daß ihr die Nachbarskatze vom Sims aus aufmerksam zuschaute. Als die rhythmische Rumpfbeuge an der Reihe war, verstand die Katze dies als einladende Aufforderung und sprang der Gymnastin von hinten auf die Schulter. Dagmar erschrak, holte zur Wahrung des Gleichgewichts mit dem Arm aus, schlug eine Fensterscheibe ein und erlitt eine Schnittwunde. Die Katze erschrak über diese ungebührlich hektische Reaktion und sprang unter Hinterlassung einiger tiefer Kratzspu-

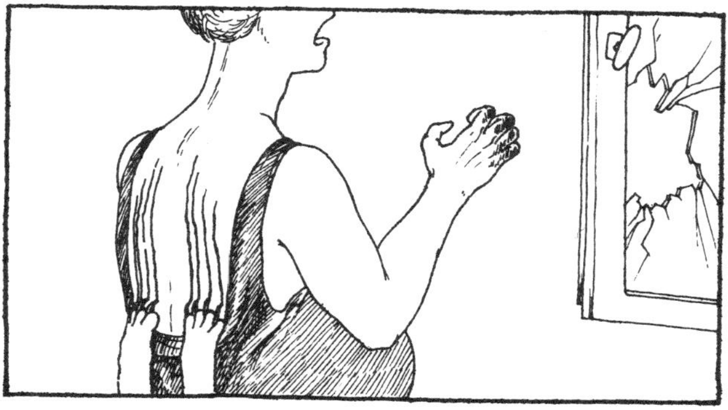

ren vom Rücken der Dame ins Zimmer. Die erboste Schwangere verfolgte die verstörte Katze, fing sie und sperrte sie in einen Raum, der als Kinderzimmer vorgesehen war. Dann verließ sie das Haus, ging zum Nachbarn und beschwerte sich. Dieser freilich, ein wahrer Katzenkenner, fand am Verhalten seines Lieblings nichts Unrechtes und verlangte die sofortige Befreiung und Herausgabe. Wütend kehrte Dagmar in ihr Haus zurück, mußte aber feststellen, daß sie beim Einsperren der Katze vergessen hatte, daß sie in jenem Raum die Weihnachtsgans aufbewahrt hatte. Die Katze hatte sich inzwischen dieses großzügige Angebot nicht entgehen lassen.

Die nun wutentbrannte Dagmar jagte die Katze aus dem Haus und trank zur Beruhigung einen Tee. Knapp eine Stunde später hörte sie vor der Haustüre ein Miauen, das zunächst noch zaghaft zu nennen war, dann aber rasch sehr energisch wurde. Offensichtlich wünschte die Katze auch den Rest der Gans. Mit einem kurzen Aus-dem-Fenster-Brüllen war es nicht getan: Die Katze duckte sich halb erstaunt, halb erbost unter den keineswegs damenhaften Schimpfworten hinweg und begann kurz darauf erneut mit der durchdringenden Wiederholung ihrer verständlichen Forderung. Dagmar reagierte nun in blinder Panik; sie füllte einen Eimer mit Wasser, riß die Haustür auf und goß das Wasser über die vor der Tür sitzende Katze – oder besser: Sie versuchte es, denn die Katze hatte sich natürlich bereits beim Öffnen der Tür mit einem Satz seitlich in die Büsche geschlagen.

Nun herrschte Ruhe. Dagmar trank Tee mit Rum und legte sich früh zu Bett, da sie am nächsten Morgen wegen der Schnittverletzung einen Arzt aufsuchen wollte. Als sie am Morgen vor die Tür trat, rutschte sie auf der von ihr verursachten und während der Nacht zu Eis gefrorenen Wasserlache aus und brach sich ein Bein.

Aufgrund des durch die unglücklichen Umstände erlittenen Schocks kam es zu einer Frühgeburt. Das Kind entwickelte sich normal, zeigte aber bereits im Alter von zehn Monaten ein auffälliges Interesse an Katzen. Es besteht Hoffnung, daß es klüger auf die heimlichen Hinweise der Katzen hören wird als seine Mutter. Welche Folgen solch menschliche Uneinsichtigkeit nach sich ziehen kann, zeigt eindrucksvoll die Meldung einer westdeutschen Nachrichtenagentur. In Schlüchtern (Main-Kinzig-Kreis) sengte eine Bäuerin über einer Schale mit brennendem Spiritus frischgeschlachtete Hühner ab, ohne sich um die neben ihr sitzende Katze zu kümmern. Als für die Katze abzusehen war, daß weder eine Streicheleinheit, noch ein Huhn oder nur eine Feder für sie abfallen sollte, entschloß sie sich zu einer verzweifelten Lektion. Sie sprang auf den Schemel, stieß die Spiritusschale um und setzte so ihre Schwanzhaare in Brand. Nachdrücklich die Aufmerksamkeit der Bäuerin durch lautes Miauen auf sich ziehend lief sie dann als lebende Lunte mit eini-

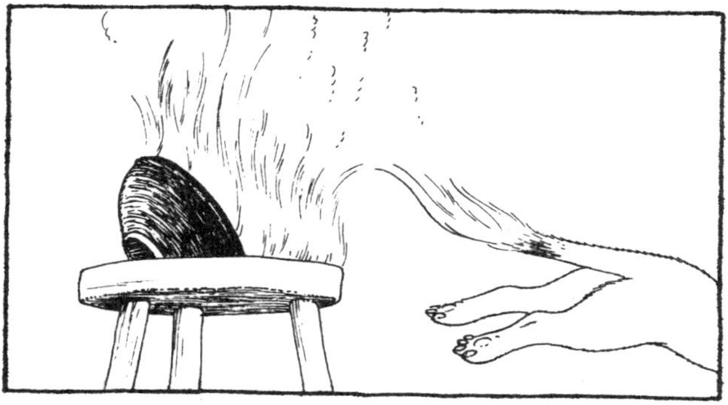

gen raschen und wohlüberlegten Sprüngen in die nahe Scheune und wälzte sich dort im Stroh. Die Flammen griffen sofort auf das angrenzende Wohnhaus über; es entstand ein Sachschaden von einer halben Million Mark. Der Katze sind die Schwanzhaare inzwischen wieder nachgewachsen, für die unkluge Bauersfrau aber wird dies eine Lehre fürs ganze Leben sein. Denken auch Sie an die Folgen, wenn Sie glauben, gerade keine Zeit für Ihre Katze zu haben.

Merken Sie sich unbedingt:
Eine Katze möchte immer gestreichelt werden. Ausgenommen dann, wenn Sie sie streicheln möchten.

NEUNTES KAPITEL

Es ist ein gefährlicher Irrtum, sich eine Katze zu kaufen, weil sie so schön kuschelig ist. Das haben Sie mit dem Wäscheweichspüler aus dem Werbefernsehen verwechselt. Wenn Sie nach einer gescheiterten Ehe jemanden ungestraft zu jeder Zeit anfassen wollen, dann sollten Sie sich lieber einen Hund halten, der wackelt auch noch dazu mit dem Schwanz. Eine Katze beißt, wenn man sie ungebeten streichelt, oder sie kratzt ein bißchen. Baudelaire, ein großer Katzenphilosoph, versuchte sein Glück bei der Katze mit den beschwörenden Worten: »Komm, meine schöne Katze, an mein verliebtes Herz, zieh nur die Krallen deiner Tatze ein, und laß mich tief in deine schönen Augen tauchen.« Aber Sie sind wahrscheinlich kein Dichter und Ihre Überredungskünste eher prosaisch. Wenn es Ihnen nicht gelingt, Ihre Katze kraulen zu dürfen, kann es leicht zu Frustrationen kommen: Ihr aktives Streichelbedürfnis kann nicht befriedigt werden. Frustrationen aber, so sagte Freud ganz richtig, werden sublimiert, und daraus entsteht die Kultur.

Es ist also kein Zufall, daß so viele große Künstler Katzenliebhaber waren. Vielmehr wurden sie zu großen Künstlern, weil sie mit Katzen lebten und unter einem nicht befrie-

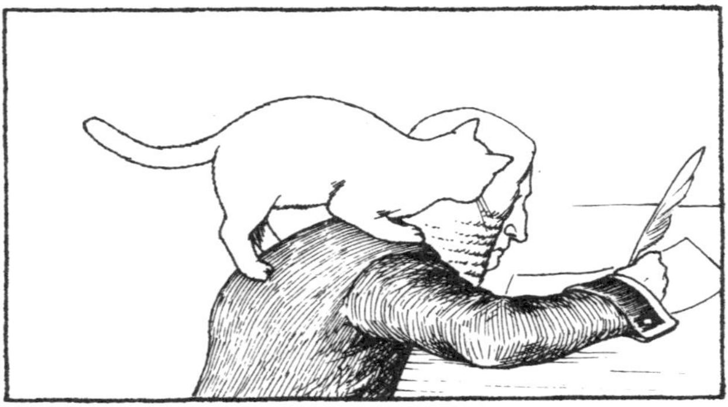

digten Streichelbedürfnis litten. Auch Diderots Katze kümmerte sich bekanntlich einen Dreck um die Maßlosigkeit der Vernunft und hörte überhaupt nicht hin, wenn er ihr den Menschen erklärte, den Verstand und die gewaltige Arbeit der Natur.

Baudelaire spricht aber auch von der Erfüllung erotischer Phantasie, wenn ihm das Kraulen erlaubt worden war: »Wenn meine Finger müßig deinen Kopf und deinen biegsamen Rücken streicheln und meine Hand sich an der Lust berauscht, deinen elektrischen Körper zu betasten, dann seh im Geist ich mein Weib.«

Aber solch innige Vertrautheit setzt ein langes Studium voraus. Hören Sie auf Ihre Katze, und lernen Sie von ihr. Sie werden Ihre Wohnung nicht wiedererkennen, Ihre alten Freunde nach kurzer Zeit nicht mehr vermissen, aber vor allen Dingen werden Sie selbst ein anderer

Mensch werden. Denken Sie dankbar daran, wenn Sie zu Bett gehen wollen und auf dem Kissen liegt Ihre Katze – denn das Körbchen riecht inzwischen nicht mehr nach geräucherter Forelle und ist deshalb uninteressant geworden. Es ist ein diskreter Hinweis, den Kopf nicht in menschlicher Unzulänglichkeit so hoch zu tragen und die ungeschriebene Charta der Katzenrechte zu achten.

Denn:
»Sie ist der Hausgeist; sie richtet, herrscht,
begeistert alle Dinge in Ihrem Reich;
vielleicht ist sie eine Fee, vielleicht ein Gott.«
Baudelaire

Werner Fuld, 1947 in Heidelberg geboren, lebt als Autor und Literaturkritiker in Spanien und in der Nähe von München.
Gottfried Müller, geboren 1968 in Balingen, lebt als freischaffender Illustrator und Künstler in München.